*Éditions* DAPPER

# Le Porc épique

Titre original : *Quem me dera ser onda*


Illustration de couverture :
*Napoléon*, Enki Bilal
Extrait de *Tykho Moon*, livre d'un film


Photographie de l'auteur : © Edições Cotovia

Conception graphique et fabrication : Delphine Challeil

ISBN : 2-906067-51-2
Dépôt légal : septembre 1999.

Manuel Rui

# *Le Porc épique*

Roman

*Traduit du portugais (Angola) par Michel Laban*

Éditions DAPPER

Tant que l'ascenseur n'arrivait pas, Faustino appuyait sur le bouton d'appel.

« Ça alors ! Un cochon dans l'ascenseur ?

— Pas vraiment un cochon, camarade Faustino. Un cochon de lait.

— C'est du pareil au même si on s'en tient au règlement.

— Quel règlement ?

— Celui qui a été approuvé à l'unanimité par l'assemblée des locataires. Et vous étiez présent : l'ascenseur, pour les gens, uniquement ; le monte-charge, pour les choses.

— Mais est-ce qu'un cochon de lait est une chose ?

— Non, mais en ce qui concerne les animaux on s'est mis d'accord sur les chiens, les chats, les petits oiseaux. Maintenant, si c'est de la poule plumée et vidée, du cochon de lait ou du chevreau, à condition qu'il soit mort, nettoyé et emballé, c'est considéré comme de la viande, on l'a aussi prévu. Mais un cochon de lait vivant comme celui-là, ça n'a pas droit à l'ascenseur, camarade Diogo, ça tombe sous le coup du règlement.

— Tiens donc ! Sous le coup du règlement ? Pour commencer, le monte-charge est en panne. Votre femme elle-même a passé toute la journée à monter et à descendre des affaires. Alors, le monte-charge, voyez un peu. Ensuite, mon cochon de lait est en transit, il ne se balade pas de haut en bas et de bas en haut. Et puis, est-ce qu'on peut l'accuser d'avoir apporté des maladies dans l'immeuble ? »

Ils s'arrêtèrent au septième étage. Le cochon se montrait réticent mais Diogo le tira par la corde. Et, la clé dans la serrure, il regarda derrière lui, vérifiant que le voisin n'était pas là.

« Maman ! Papa a apporté un petit cochon !

— Du calme, Zeca. Laisse passer ton père.

— Poussez-vous de là. »

Diogo traversa le salon, arriva sur le large balcon donnant sur la rue. Il souleva quelques pièces de linge qui séchaient sur le fil et attacha la corde du cochon à la barre de jointure des stores.

« Oh là, qu'est-ce qu'il grogne ! dit Ruca, s'approchant de l'animal et essayant de sympathiser.

— Bon, avant tout, de l'organisation. Toi, Liloca, mets la radio à fond, et vous deux, Zeca et Ruca, allez voir si notre voisin Faustino n'est pas chez le camarade Nazário. Allez, filez, ouste ! »

La maison se trouva soudain transformée. Le cochon manifestait son inadaptation par des cris propres à alerter tout le voisinage tandis que la radio hurlait, poussée au maximum ; les deux enfants sortirent en coup de vent et – l'ascenseur tardant à venir – dévalèrent les escaliers jusqu'au deuxième étage.

« Bonsoir, madame Chica. Je viens seulement demander des crayons de couleur à Beto.

— Beto ! Beto ! Viens, Ruca est là. Toi, entre donc.

— Moi, en tant que conseiller du peuple, je ne peux admettre le manque de discipline. Comme vous, certainement, camarade Nazário. Et vous, êtes-vous oui ou non le premier responsable de l'immeuble ? Alors, dès demain il faudra envoyer le contrôleur chez ces gens et, quand il aura constaté la présence du cochon, qu'il leur colle une bonne contravention ou qu'il les fiche tous dehors. »

Entendant des bribes de cette conversation qui se tenait au fond du couloir, Zeca s'empara de la boîte de crayons et fila, son frère aux trousses, sans prendre congé.

« Alors c'est ça ? Un contrôleur ?

— C'est exactement ce qu'ils ont dit, papa », réaffirma Ruca.

La famille était attablée devant le poisson frit au riz, mais les enfants ne quittaient pas des yeux le cochon de lait qui, tout près d'eux, sur le balcon, flairait son nouveau lieu de vie en poussant des grognements que dominait la radio.

« Eh bien, je peux vous assurer qu'ici pas un contrôleur ne mettra les pieds. Quant à ce salaud de Faustino, ce Catete* de merde, je finirai bien par savoir pourquoi

* Habitant de la zone de Catete, bourgade située à une cinquantaine de kilomètres de Luanda. Les gens de Catete sont réputés pour leur esprit de contestation. *(N.d.T.)*

et comment il a été purgé.

— Mais tu es en train de faire du tribalisme…

— Je fais du tribalisme, moi ? D'abord, je n'ai rien contre les cochons. C'est lui qui fait du tribalisme. Et avec le cochon. Simplement parce qu'il m'appartient. Tribalisme ! Oublie un peu les ismes, ma petite, ça ne remplit pas le ventre. En fait d'ismes, il y a le poisson-fritisme, le manioquisme et les autres ismes du ventre. Et le tribaliste, c'est celui qui combat les ismes du ventre du peuple, comme ce crétin de Faustino. C'est pour ça qu'on n'avance pas, c'est moi qui devrais parler à la radio et non ces macaques. Ce serait là, au beau milieu des reportages de foot, que je te leur parlerais de bouffe et des ismes du ventre. Mais au lieu de ça, ce n'est que poisson frit et bla-bla-bla, et Diogo rota.

— Alors on va manger le cochon de lait, hein ?

— Pas question, Zeca. Le plan, toujours le plan. On va faire de l'élevage, on va le mettre à l'engrais. Ça nous fera de la viande, beaucoup de viande. »

Un voile de désappointement s'étendit sur le visage

des deux gamins. La mère empila les assiettes et les porta à la cuisine. En revenant, elle posa la question :

« Comment allons-nous pouvoir élever un cochon à un septième étage ?

— Du calme, Liloca. On va étudier un plan. Pour ce qui est de la nourriture : les restes des hôtels. Puis il faudra le dresser à ne pas crier. Et quand il y a de la bouffe même un cochon se tait. C'est la loi de la vie. »

La femme porta son regard sur le cochon, se répétant la question : comment serait-il possible d'élever un cochon à un septième étage ? Un immeuble plein de gratte-papier, de secrétaires. Des employés de ministères. Un conseiller du peuple, et même un agent de la Sécurité qui roulait en voiture à deux antennes, sans compter les militants du Parti ?

« Ça va faire des histoires avec l'Office de l'Habitat.

— Avec quoi, Liloca ?

— Oui, avec l'Habitat…

— Qu'est-ce que tu viens me seriner avec cette saloperie d'Habitat, tous des corrompus juste capables de faire obtenir des logements à leurs amis. J'ai toujours payé mon loyer. Il y a des maisons où il n'y a pas de cochon et qui sont plus sales que la nôtre. »

Sur ce, il se leva et s'approcha du cochon. Liloca et les enfants l'imitèrent et bientôt toute la famille en demi-cercle se mit à contempler ce nouveau locataire. Le cochon reniflait, remuait les oreilles, comme s'il s'interrogeait sur son nouveau statut.

« Il faut lui donner un nom, dit Zeca, euphorique.

— Oui, et ce sera Carnaval !

— Pas mal, Ruca. Marchons pour Carnaval. Et justement, quand arrivera le jour de carnaval, contrôleur ou pas, on le tuera et on le mangera. Le cochon nous appartient. »

Le bonheur apparut sur le visage de Liloca à la vue du père et des enfants heureux d'avoir eu la même idée, d'imaginer le cochon de lait devenu adulte et tout ce qu'on pourrait en tirer : les rillons, le saindoux, la viande, les côtelettes et les os pour la salaison. Elle bâilla.

« Mais il faut baisser le son de la radio…

— Arrête-la complètement, Liloca. Courage, la raison est de notre côté. Si dans la rue un cochon grogne, personne ne songera à lui dresser une contravention. S'il grogne pendant qu'on observe une minute de silence, personne ne le mettra en prison. Qui donc peut être dérangé par un cochon si petit ? Que ce fichu avocat avec sa loi à la gomme. Pas vrai ? Qu'on s'occupe plutôt du problème de l'eau. Moi, je n'irai plus à ces réunions de locataires. C'est toujours les mêmes qui parlent et voilà que maintenant on ne peut même plus avoir un cochon. »

Avant d'aller au lit, Zeca et Ruca voulurent lier connaissance avec Carnaval, lui passant doucement la main sur l'échine ; le cochon se laissait faire mais Zeca, allant jusqu'à lui tirer la queue, provoqua de bruyants grognements dans le silence de la radio éteinte.

« Bon sang ! Ce cochon vient tout juste d'arriver et déjà vous l'agacez, qui sait si Faustino n'est pas en train d'écouter. Allez, au lit ! Et demain, si votre mère n'est pas à la maison, pas question de laisser entrer un contrôleur. Au lit, je vous l'ai déjà dit ! »

À sept heures et demie le lendemain matin, avant d'aller au travail, Diogo renouvela aux enfants la consigne de ne laisser entrer aucun contrôleur chez eux.

La mère partit ensuite faire la queue devant les magasins. C'est alors que Zeca et Ruca s'empressèrent de jouer avec le cochon.

« Ruca, on va lui donner un bain. »

Ils détachèrent Carnaval et l'entraînèrent dans la salle de bains. Ils ouvrirent le robinet de la douche et, au moment même où ils forçaient l'animal à entrer dans la baignoire, la sonnette de la porte retentit.

Zeca prit soin de fermer immédiatement la porte de la salle de bains et d'en cacher la clef dans le tiroir du vaisselier. Tous deux se dirigèrent ensuite vers la porte d'entrée que Ruca entrouvrit, demandant :

« Bonjour, camarade. C'est pour quoi ? Notre père n'est pas là.

— Pas besoin. »

Et l'homme tenta de forcer la porte.

« Vous ne pouvez pas entrer comme ça chez les gens.

— Qui a dit ça ?

— C'est mon cousin Cinquante, qui travaille pour la Sécurité. Je peux crier et vous faire mettre en prison », insinua Ruca.

Son frère et lui tremblaient, pris de remords. Ils avaient désobéi au père, n'auraient jamais dû ouvrir la porte.

« Allons, pionniers. Où est le cochon ? Où est-il, ce cochon ?

— Le cochon, c'est vous, répliqua Zeca en allant se mettre de l'autre côté de la table. Ici il n'y a pas de cochon.

— C'est ce qu'on va voir. »

Et l'homme se mit à inspecter les lieux. Il commença par la cuisine, puis revint au salon, visita les deux chambres et s'arrêta au balcon.

« Mais ça sent le cochon !

— Ça sent parce que chez le voisin, le camarade Faustino, il y a souvent des cochons, affirma Ruca avec conviction. Et si vous, Monsieur, vous êtes voleur de cochons, vous n'avez qu'à aller chez lui.

— Monsieur, non, camarade. Et je ne suis pas voleur, mais contrôleur.

— Ah oui ? Alors vous pouvez y aller, parce que, en plus, la femme fait du commerce de noix de palme...

— Et la nuit, ils font de l'eau-de-vie, renchérit Zeca.

— Pour, le samedi, vendre chaque bulgare* cent kwanzas* tout rond », ajouta Ruca.

Le contrôleur se mit à rire, satisfait de la mission accomplie ; il resta un moment encore, l'index pointé sur le front, mettant de l'ordre dans ses idées. Puis, entendant couler l'eau d'une douche, il s'enquit, montrant la porte du doigt :

« Qui est là-dedans ?

— C'est le cousin Cinquante de la Sécurité, il a travaillé toute la nuit et, comme il n'a pas d'eau chez lui, il est venu prendre un bain ici.

---

* À la fin des années soixante-dix, la pénurie de verres amena les Angolais à utiliser, pour boire, les pots de confiture importés de Bulgarie. *(N.d.T.)*
* Unité monétaire de l'Angola. *(N.d.T.)*

— De la Sécurité ?

— Oui, affirma Zeca tandis que le contrôleur commençait à se diriger vers la sortie.

— Bon. S'il n'y a pas de cochon, c'est qu'il n'y a pas de cochon et... »

Il s'arrêta près de la cuisine.

« Zeca, appelle la maîtresse au téléphone, dis-lui qu'un camarade est ici, qui ressemble comme un frère au voleur qui est venu dans notre école et a tué deux pionniers. C'est lui, c'est sûr. »

Pour le coup, l'homme se précipita vers la porte.

« Vous êtes fous, pionniers. Qu'est-ce que c'est que cette salade ? Je suis une autorité, moi. »

Mais Zeca continuait à composer des numéros de téléphone et son frère ne referma la porte qu'après avoir vérifié que le contrôleur sonnait bien chez Faustino.

« Il s'en est pris plein la gueule, ce fractionniste*, s'écria Ruca.

---

* Contestataire au sein du Parti (allusion aux diverses luttes pour le contrôle du pouvoir en Angola). *[N.d.T.]*

— Maintenant, le cochon ne peut plus s'appeler seulement Carnaval.

— Et alors ?

— Ce sera Carnaval de la Victoire* ! »

Ils allèrent dans la salle de bains, arrêtèrent le robinet de la douche et Ruca voulut ajouter un plus à la joie de la victoire :

« Zeca, descends chez les voisins du dessous et dis-leur qu'un voleur est en train de se balader dans l'immeuble. Sonne chez Beto, qu'il prévienne les autres et que tout le monde garde sa porte parce qu'il y a un voleur dans la maison. »

---

* Il s'agit également du nom qui a été donné officiellement au carnaval de Luanda, après l'indépendance. *(N.d.T.)*

« Excusez, il ne faut pas vous fâcher comme ça. Moi, je ne fais que mon travail de contrôleur, c'est mon devoir.

— Et dans cette maison, par-dessus le marché ? Mon mari est conseiller populaire au tribunal et c'est vous qui venez inspecter chez nous sous prétexte que nous élevons un cochon ? Qu'est-ce que ça veut dire ?

— D'autant plus grave. Chez un responsable. La vérité, c'est que ça sent.

— Ça sent quoi ?

— Le cochon. »

Et le contrôleur se mit à renifler.

« Alors cherchez-le, si vous voulez. »

La femme, exaspérée, conduisit le contrôleur à travers la maison sans dire un mot. Ils arrivèrent ainsi au balcon et le contrôleur battit des mains : le sol était jonché de noix de palme.

« Nous y voici !

— Quoi ? »

Le contrôleur sortit un petit calepin de sa poche et y inscrivit à voix haute :

« Vente clandestine de noix de palme dans un immeuble d'habitation, trafic contre-révolutionnaire. »

Puis il demanda :

« Et la petite fabrique de gnôle ?

— Bandit ! Espèce de bandit ! La noix de palme, c'est ma belle-mère qui me l'envoie d'Ambrizete uniquement pour qu'on y goûte et qu'on en offre un peu aux amis. Fichez-moi le camp ! »

Et elle brandit la première chose qui lui tomba sous la main, une poêle que le contrôleur esquiva en se baissant et qui alla contre le mur. Lorsque la femme se saisit du balai, l'homme prit la poudre d'escampette. Arrivé au bout du couloir, il s'engouffra dans l'escalier sans attendre l'ascenseur. Zeca, qui l'épiait, se mit à crier :

« Au voleur ! Arrêtez-le ! »

Dans l'immeuble retentirent alors des cris poussés par d'autres gamins – et l'agitation se répandit en un éclair.

Les femmes, sur le pas des portes, se disposaient à barrer le passage au voleur : « téléphonez à la police », « ne le laissez pas passer en bas », « tirez-lui dessus », « appelez l'O.D.P.* »... Zeca profita de la confusion pour remonter les escaliers afin de rentrer chez lui, et c'est alors qu'il croisa la femme de Faustino, vociférant, le balai à la main : « Qu'on le tue, ce bandit, il a voulu me cambrioler déguisé en contrôleur de gnôle ! »

Ruca ouvrit la porte sans tarder :

« Et alors ?

— Ferme vite. Ça marche. Allons sur le balcon voir ce qui se passe. »

En bas, les choses s'étaient amplifiées. Le contrôleur, au milieu de l'agitation, exhibait des papiers. Les femmes, les enfants et les passants entouraient l'intrus. Les voitures klaxonnaient à cause de l'embouteillage. Les nouveaux venus ajoutaient leurs vociférations à celles des femmes qui réclamaient à tue-tête : « qu'on mette le voleur en prison », « c'est le même que celui de la

* Police (Organisation de la Défense Populaire). *[N.d.T.]*

semaine dernière », « c'est celui qui a volé la chaîne de radio », « ses papiers sont faux »... Comme une voiture de police arrivait, Zeca tira les stores, augmenta le volume de la radio et dit à son frère :

« Ne bougeons pas ; la bagarre ne nous regarde pas. Maintenant on n'ouvrira plus la porte à personne, comme papa nous l'a recommandé », et il ferma à clé, poussa le verrou et mit la bâcle.

Madame Liloca sonna à plusieurs reprises. Pas d'enfants. Elle comprit que quelque chose d'anormal était en train de se passer car de l'intérieur lui parvenait l'émission de radio *Au jour le jour dans la ville* poussée si haut que, du dedans, il devait être impossible d'entendre la sonnette. Diogo arriva sur ces entrefaites et, l'idée de la bouteille de gaz lui faisant craindre qu'il ne soit arrivé un accident aux enfants, il se mit à vouloir défoncer la porte à coups de pied. Les enfants finirent par se manifester.

« Qui est là ?, demanda Zeca en s'approchant de la porte.

— Ouvrez-moi cette merde ! »

Ruca tourna la clef, ouvrit le verrou et ôta la bâcle.

« Qu'est-ce que c'est que toute cette histoire ? Il y a une plombe que votre mère est dehors, le déjeuner n'est pas prêt… Le docteur Africano Neto laisse les fous en liberté et moi je me retrouve avec deux enfants complètement toqués, enfermés à la maison. Je m'en vais vous soigner, moi ! »

Mais les gamins se mirent à lui raconter l'arrivée du contrôleur, le tour qu'ils lui avaient joué avec le cochon dans la salle de bains, la trouille du bonhomme quand ils avaient parlé du cousin de la Sécurité et, plus encore, quand ils avaient fait semblant d'appeler la maîtresse au téléphone – lequel téléphone d'ailleurs était en panne – pour lui annoncer que le voleur imaginaire qui avait opéré dans l'école était chez eux.

Diogo entoura de ses bras sa femme et ses enfants, et tous rigolèrent de cette première matinée clandestine du cochon. La mère prépara des sandwichs au poisson frit pour les deux garçons qui partirent en hâte vers l'école sans oublier le sac en plastique pour la nourriture de Carnaval de la Victoire et sans raconter au père ce qu'ils avaient inventé à propos de Faustino et de son prétendu trafic de cochon, de noix de palme et de gnôle. Et encore moins la chasse au voleur.

À la récréation, c'est Ruca qui fut le narrateur des événements, Zeca et Beto venant à la rescousse pour les petits détails touchant à la véracité et à l'héroïsme : que c'était un voleur de cochons qui s'était introduit chez eux ; qu'ils lui avaient fait peur en invoquant l'agent de la Sécurité ; qu'il avait essayé de s'enfuir, mais que tous les trois, avec Zeca et Beto, lui avaient barré le passage à la sortie de l'immeuble jusqu'à l'arrivée de la police et à son arrestation.

« Comment est-ce qu'il était ?

— Habillé en bandit, avec des lunettes noires, expliqua Zeca.

— Et il avait un coupe-coupe ?

— Penses-tu ! Deux pistolets à long canon et des grenades à la ceinture, ajouta Beto, montrant du geste la taille des armes.

— Vous auriez bien pu récupérer les pistolets…

— Le policier les a gardés. Mais attendez la suite – et Ruca, heureux, haussant le ton : avant tout ça, le cochon s'appelait Carnaval ; eh bien, après cette guerre que nous avons gagnée contre le bandit, il s'appellera Carnaval de la Victoire.

— C'est un nom formidable. Vous devriez l'emmener ici, à l'école, qu'on le voie. »

Et en fin d'après-midi, à la sortie de l'école, Ruca et Zeca filèrent derrière l'hôtel Trópico pour remplir le sac de nourriture destinée au cochon. Pour rentrer chez eux, ils évitèrent les voies à grande circulation et empruntèrent les petites rues, regardant d'un côté et de l'autre avec la crainte de voir apparaître le contrôleur et d'avoir à subir sa revanche. Mais leur hâte de retrouver Carnaval de la Victoire était si grande que, passé le coin de la rue, ils coururent chez eux à toute allure.

Par malchance, à l'entrée de l'immeuble ils tombèrent sur le camarade Nazário occupé à coller une affiche sur le mur. Il était de dos et concentré, si bien que les enfants purent lire, écrit en lettres rouges sur le carton jaune :

1. À SEULE FIN DE RÉSOUDRE LES PROBLÈMES
DU PEUPLE DE CET IMMEUBLE :

2. IL EST RAPPELÉ : INTERDICTION AU SEIN DUDIT
IMMEUBLE D'ANIMAUX COCHONS PORSINS.

PRODUCTION, VIGILANCE, DISCIPLINE

NAZÁRIO ET FAUSTINO

À BAS LA RÉACTION
LA LUTTE CONTINUE
LA VICTOIRE EST AU BOUT !

« Permettez, camarade Nazário, "porcin" ça s'écrit avec un *c* et puis "Discipline" doit être placé avant "Vigilance" ; et avant "La lutte continue", il faut mettre "Pour le Pouvoir Populaire" et terminer par "Année de la création de l'Assemblée du Peuple et du Congrès Extraordinaire du Parti" !

— Où en sommes-nous arrivés ! s'exclama Nazário, la

main droite levée, menaçant de donner une claque, voilà que des gamins se mêlent de provoquer les adultes. Sans nous, vous n'auriez eu ni indépendance ni école.

— Mais quand est-ce que vous avez combattu, camarade, puisque du temps du F.N.L.A.* vous vous êtes débiné et que vous n'êtes revenu à la maison qu'à la fin des bombardements ? »

Nazário ne réagit pas à la provocation de Zeca. Il corrigea d'abord le mot « porcin ». Puis, en tout petits caractères, il ajouta « Pour le Pouvoir Populaire », mais comme il ne restait plus de place à la fin, après les signatures, il ne put faire passer le mot « Discipline » avant « Vigilance ».

« Il vaudrait mieux recommencer, camarade Nazário », insinua Ruca.

Nazário arracha l'affiche, se retourna et, remarquant le sac en plastique plein de restes de nourriture, il explosa :

---

* Front National de Libération de l'Angola – l'une des trois organisations nationalistes ayant tenté de prendre le pouvoir au moment de l'indépendance, en 1975. *(N.d.T.)*

« Qu'est-ce que vous transportez dans ce sac ? De la nourriture pour cochon, hein ? »

Zeca avait ouvert la porte de l'ascenseur et Ruca, déjà à l'intérieur, appuya sur le bouton du septième et justifia :

« Je crois que papa a invité le camarade Faustino à dîner.

— Fils de pute ! »

Mais déjà la porte de l'ascenseur lui avait claqué au nez.

Carnaval de la Victoire était de ceux parmi les vivants à qui la révolution avait le plus profité. Issu d'une portée de sept, il avait survécu dans la fange sous-développée de Corimba, sur le bord de mer. Là, il s'était adapté aux régimes les plus improvisés, à base essentiellement d'arêtes de poisson. Dans la confusion du sable, ses frères et lui s'étaient libérés très tôt de la tutelle maternelle, fourrant leur groin partout, dans le linge en train de sécher ou les bikinis des baigneuses nocturnes. Il leur arrivait de renverser des marmites de nourriture posées sur le feu, et, alors poursuivis à coups de branche de palmier, ils se sauvaient dans tous les sens et allaient mettre la pagaille ailleurs. La nichée était restée précocement orpheline car la mère, voulant leur apprendre à traverser le goudron de Corimba, avait provoqué un accident au cours duquel elle avait été tuée ainsi qu'un motard de la police. Le propriétaire de la truie ne s'était pas manifesté, se réservant toutefois de préserver la nichée semi-clandestinement. La semaine suivante, trois des cinq frères de Carnaval de la Victoire avaient fait les frais d'un repas d'enterrement et les deux autres avaient été offerts à un vigile des plages pour les faveurs qu'il accordait au pêcheur propriétaire des cochons de lait. La femelle de la bande fut épargnée pour la conservation de l'espèce et gardée dans un abri improvisé.

Carnaval de la Victoire, quant à lui, valut un transfert de cinq caisses de bière Cuca, hors consigne.

Dès lors, sa vie se fit toute différente. Il devint un cochon peu ordinaire. Fini de se vautrer dans les sables de liberté. Il se nourrissait à un hôtel cinq étoiles : restes d'escalopes à la milanaise, salades variées, crevettes mayonnaise, langoustes, cake, menu sans cesse renouvelé qu'il engloutissait sous l'œil investisseur de Diogo, celui-ci supputant chaque jour l'engraissement du cochon.

Il s'initiait également à la musique. S'il grognait des protestations, Diogo envoyait tout de suite sa femme ou un enfant augmenter le son de la radio afin d'étouffer la dénonciation de la présence du cochon qui se mettait d'ailleurs à ronfler sitôt le volume baissé.

« Tu t'embourgeoises, disait le chef de famille Diogo. Qui t'a connu et voit ce que tu es devenu !... C'est ça, la lutte des classes ! » – et les gamins de se tordre de rire jusqu'à ce que le père se mette à pester contre son quotidien fait de poisson frit au riz.

Le cochon, lui, vivait, ah ça oui. Il mangeait, dormait, écoutait de la musique et se laissait aller à des saletés malodorantes que, le matin très tôt, Zeca et Ruca, munis de la pelle et du seau à ordures, ramassaient et allaient vider dans le conteneur. « Que personne ne vous voie, ce serait une preuve », recommandait le père. Ensuite, ils balayaient, passaient le jet d'eau sur le balcon puis aspergeaient Carnaval de la Victoire qui était lavé au savon brésilien et si bien traité qu'on aurait pu dire qu'il menait une vie d'ambassadeur ! Les gamins le gratifiaient de caresses, tapotaient son ventre. Lui, s'étalait, s'endormait presque, apprivoisé au point de répondre à son nom Carnaval de la Victoire !

Diogo pourtant finit par se lasser de cette manie du cochon d'exiger de la musique. Il tenta les coups : la bête cria encore plus fort. Ruca et Zeca n'apprécièrent pas et devinrent réellement tristes. Ils suggérèrent le sucre. « Rien que ça ! s'emporta Diogo, du sucre qui manque comme de l'or ! Pour en obtenir un petit sac, il faut faire des queues interminables, et en plus la viande sera sucrée ! » Il finit toutefois par accéder à la proposition des enfants. Le cochon fut très agréablement surpris par le changement, il mangea, se lécha les babines et sembla ne plus vouloir protester. Mais cela ne dura pas car, réclamant apparemment davantage de sucre, il se mit à grogner de plus belle. Diogo, hors de lui, voulut le punir sévèrement et lui frotta le groin avec du piment. Ce fut bien pire : le cochon ne s'arrêta plus de grogner et il fallut monter au maximum le son de la radio pour parer aux suspicions du voisinage.

Cette fois, les enfants boudèrent, révoltés par les agissements du père. Ce dernier passa une nuit d'insomnie, se tournant et se retournant dans son lit à la recherche d'une solution qui pourvoirait aux exigences petites-bourgeoises de Carnaval de la Victoire.

Il finit par trouver.

Le lendemain, il apporta un long câble, très fin et tout enroulé. La femme et les enfants se demandèrent à quoi cela pourrait bien servir. Diogo brancha à la radio le fil au bout duquel il mit un petit écouteur qu'il introduisit dans l'oreille du cochon en le maintenant à l'aide de six bandes d'adhésif comme s'il s'agissait d'un pansement. Carnaval de la Victoire en resta comme anesthésié.

« Conquêtes de la révolution ! se réjouit encore Diogo, les bras ouverts. Te voilà politisé ! C'est ce que la commission des locataires devrait voir.

— Oui, mais maintenant nous ne pourrons plus écouter les informations.

— La barbe, Liloca ! Toujours les mêmes foutaises de la petite-bourgeoisie. Ça veut ciel et terre. Le capitalisme et le socialisme. De la musique et de la viande qui n'ait pas le goût de poisson… Eh bien, tu n'as qu'à te brancher à l'autre oreille du cochon ! »

À partir de ce jour et grâce à l'ingéniosité de Diogo,

Carnaval de la Victoire devint le plus fidèle auditeur de la radio nationale. Bulletin d'informations, théâtre en direct, programme pour les jeunes, reportages de football et... *Bonne Nuit l'Angola,* le tout jusqu'à s'endormir, le ventre bien rempli et sans la moindre contestation.

Zeca et Ruca allaient maintenant pouvoir raconter d'autres histoires sur ce fameux cochon originaire de Corimba, dont leur père disait qu'il commençait à s'embourgeoiser.

Dans la famille Diogo s'affirmait de plus en plus une différence de comportement à l'égard de Carnaval de la Victoire. Les deux gamins le traitaient comme l'un des leurs. Ils le lavaient, nettoyaient ses crottes et tous les jours allaient derrière l'hôtel ramasser dans les poubelles des mets dont le cochon se repaissait.

C'était devenu un pourceau raffiné, un brin protocolaire. Il mimait avec son groin des courbettes de remerciement, avait appris à faire signe de sa patte droite et se pâmait, ventre à l'air, à la moindre chatouille que lui faisaient les enfants.

Diogo, en ce qui le concernait, portait au cochon un intérêt tout différent, ne voyant en lui que viande, poids et allégement du budget familial. Plus que rassasié de poisson frit, il braquait ses yeux sur le porc, évaluant son état d'engraissement : « Tu t'embourgeoises mais tu ne sais pas ce qui t'attend » – et, du tranchant de la main posée sur la gorge, il montrait aux enfants comment on coupe un cou – au couteau ! La fin qui attend tous les bourgeois !

Les gamins n'appréciaient pas cette manière d'être de leur père et s'en attristaient. Carnaval de la Victoire avait conquis leur cœur, était devenu leur plus grand ami. Madame Liloca, elle, balançait entre la mère et l'épouse : si elle comprenait la tendresse que les gamins vouaient au cochon, elle ne pouvait pas ne pas partager les convoitises carnivores de leur père. Il lui arrivait même d'anticiper sur les étapes du plan : « Et s'il était frappé de maladie ? S'il mourait ? Après tant de tracas. Et ne parlons pas du problème qui se poserait pour l'enlever d'ici, l'enterrer ou le jeter dans le conteneur. Tout le monde saurait alors qu'on avait gardé un cochon chez nous. Si on le tuait tout de suite, on ne risquerait rien, on serait plus tranquilles. » Mais Diogo s'en tenait à son plan, s'entêtait à élever ce cochon à un septième étage.

Ainsi passait le temps ; Zeca et Ruca, pendant les récréations, continuaient à raconter de nouvelles histoires sur Carnaval de la Victoire qui devenait de plus en plus l'ami de tous les gamins. Ceux-ci protestaient : « Vous aviez promis de nous l'amener et vous ne l'avez jamais fait. » Ruca et Zeca s'excusaient, expliquant qu'il ne leur manquait que de trouver le moyen de tromper la vigilance de leurs parents au moment de quitter la maison pour venir à l'école.

Puis, un jour, grâce à leur mère, l'occasion leur en fut offerte.

« Demain, votre père et moi irons manger dehors. Votre repas sera prêt et vous prendrez la clef. »

Dès lors le plan fut dressé. Le jour même, les deux frères aidés par Beto réussirent à s'emparer, à Kinaxixe, d'un Caddie de supermarché qu'ils amenèrent dans l'immeuble et cachèrent dans un recoin sombre sous l'escalier. Pour plus de précaution, ils le recouvrirent de sacs.

Ils attendirent impatiemment le départ de la mère et ne mangèrent presque pas. Carnaval de la Victoire consentit à se laisser ligoter les pattes. Ils le camouflèrent dans un sac et le traînèrent jusqu'à l'ascenseur. En bas, Beto attendait avec le chariot.

Et à l'école la grande fête commença.

Ruca tenait la laisse. Zeca, avec une chatouille sur le ventre du cochon, ordonna : « Vas-y, Carnaval de la Victoire. » Celui-ci, comme s'il comprenait, s'étala tout de suite, les quatre pattes en l'air. Puis il se redressa, pataud, flairant de tous côtés, et un autre gamin voulut lui aussi lui caresser le ventre. Soudain la maîtresse apparut à la porte de la classe et tapa dans ses mains :

« C'est l'heure, les enfants ! »

Pensez donc ! Personne ne lui prêtant attention, elle s'avança dans la cour, voulut savoir.

Ruca caressa l'échine de l'animal et raconta ce qui s'était passé à son sujet depuis le début. Le voleur de cochons. Leur résistance. L'attention qu'ils avaient portée à l'éducation de Carnaval de la Victoire.

« Et ses parents ? » demanda l'un des enfants.

L'autre répondit :

« Ils ont dû laisser leur peau dans la guerre contre les boucheries. »

Et tous s'esclaffèrent.

Le cochon se mit à exécuter les tours qu'il avait appris et les enfants furent heureux de voir l'institutrice s'y intéresser.

« Camarade maîtresse, vous pouvez caresser son ventre, il est propre. Il prend un bain tous les jours.

— C'est vrai ce que dit Ruca, ajouta Beto, et s'il est si gras c'est que sa nourriture vient de l'hôtel Trópico. »

À ce moment-là, l'institutrice alla le chatouiller et les enfants l'applaudirent. C'est alors que lui vint une idée :

« Zeca, lâche donc la corde. Nous allons faire une ronde autour de Carnaval. »

Le cochon alla d'un côté et de l'autre, courant vers les enfants, revenant au centre à toute allure. Il s'arrêta pour une pause, secoua les oreilles, essaya encore de rompre la ronde, mais les gamins l'en empêchèrent. Il recommença, puis, prenant son élan, il passa entre les jambes de l'institutrice et s'enfuit.

Tous les enfants se mirent à ses trousses. Zeca pleurait, pas question de rentrer à la maison sans Carnaval de la Victoire, lequel était en train de traverser la rue. Pour l'éviter, une voiture donna un coup de frein, il ralentit alors sa course puis tourna sur la droite et arriva devant un magasin du peuple. La longue queue formée devant l'entrée se défit immédiatement et, très vite, le cochon fut immobilisé.

Ruca voulut s'en approcher mais cela fut impossible car, tout autour, les gens protestaient.

Il s'adressa alors à un O.D.P. :

« Camarade chef : mon père, qui appartient à l'O.D.P., a ordonné d'emmener ce cochon chez le camarade ministre. Mais le cochon s'est enfui, voilà sa corde.

— Dites donc, camarades ! Le cochon a un propriétaire », fit observer l'O.D.P., le coupe-coupe en l'air.

Mais les gens continuaient à tirer le cochon, chacun

le voulant pour soi. Carnaval de la Victoire, lui, grognait très fort.

« Un propriétaire ? Comment ça, si le cochon est à moi ? »

Ruca et Zeca distinguèrent nettement la voix de leur mère dans cette confusion de gens qui voulaient s'emparer du cochon.

« Quoi, il appartient donc à quelqu'un d'autre ? Est-ce que le cochon d'un ministre peut avoir un autre propriétaire ? Vous n'êtes qu'une voleuse ! »

Les O.D.P. s'avancèrent, agressifs, et arrachèrent le cochon des mains accapareuses. L'un d'eux saisit la corde, l'attacha autour du cou de l'animal et la rendit à Ruca.

« Maintenant, attention. Il ne faut pas laisser se sauver comme ça le cochon d'un camarade ministre. »

Et Zeca vit dans les yeux de sa mère qu'elle faisait semblant de ne pas le connaître.

Les gens commencèrent tout de même à réagir. « Quand donc les cochons cesseront de se promener dans la rue ? », « on en attrape un et voilà que cet O.D.P. vient nous chercher des noises », « je l'ai attrapé le premier, moi, et un cochon en liberté appartient au premier qui l'attrape », « s'il appartenait à un ministre, il n'irait pas à pied ». Et au fur et à mesure que la queue se reformait, de nouvelles disputes éclataient :

« J'étais le premier...

— Tu parles ! »

On commença à se colleter autour du policier, et Ruca, la corde bien en main, profita de la bagarre pour prendre la poudre d'escampette tandis que Carnaval de la Victoire bavait de fatigue.

C'est seulement après avoir atteint le mur de l'école que Zeca demanda à son frère :

« Et maman ? »

Ce jour-là, Carnaval de la Victoire mangea directement à l'arrière de l'hôtel, la corde attachée au conteneur, pendant que les deux frères cherchaient comment se sortir du pétrin où la malchance les avait mis ; comment affronter le père Diogo, qui ne badinait pas quand il s'agissait de désobéissance.

Carnaval mangeait goulûment et les garçons remarquèrent qu'il était excité, qu'il essayait de se détacher en tirant sur la corde avec ses dents.

« S'il m'appartenait, je le lâcherais.

— Pas question, Ruca. Et papa ? »

Les deux frères, assis sur le bord du trottoir, regardaient le cochon manger, mais leurs pensées étaient pour leur père. Comment celui-ci réagirait-il quand ils rentreraient à la maison ?

« Il a drôlement grandi, Zeca, ce cochon.

— Oui, mais justement : avec cette taille il ne peut pas passer inaperçu. Il ne faudra rentrer à la maison que la nuit venue pour ne pas risquer de tomber nez à nez sur un contrôleur, un policier ou un O.D.P. qui nous l'enlèverait. Et rentrer sans le cochon, ce serait la fin du monde.

— On va même recevoir une bonne raclée.

— Je ne sais pas... »

Au loin, là où la mer n'a pas de fin, il ne restait qu'un mince filet de cercle rouge avant la plongée du soleil. Ruca détacha la corde du conteneur et l'on s'engagea sur le chemin de la maison. Comme à cette heure-là la circulation était dense et qu'il était difficile et dangereux pour l'animal de traverser les rues, l'itinéraire choisi pour le retour fut bien plus long mais aussi plus sûr.

« Ça y est ! Il est sauvé ! Grande victoire ! Je vais devant. S'il n'y a personne, j'appelle l'ascenseur, je vous fais signe et vous rappliquez. »

Beto prit les devants, les autres ralentirent le pas, angoissés à l'idée d'affronter le père.

Sur un signe de Beto, ils coururent vers l'ascenseur, mais, arrivés au septième étage, ils tombèrent nez à nez sur leurs parents qui étaient assis devant la porte de l'appartement.

Diogo saisit la corde de l'animal, puis :

« La clef ! »

Zeca tendit la clef à sa mère, la main tremblante.

Diogo alla droit au balcon, où il attacha la corde, et cria à l'adresse de ses enfants :

« Venez ici, voyous, espèce de bandits. Est-ce que vous imaginez la honte qu'a été celle de votre mère ? Est-ce que vous savez qu'elle a même reçu des coups d'un O.D.P. ? »

Puis, à bout d'énervement, il alla chercher dans un

coin du balcon une vieille courroie qui traînait là et se mit à en fouetter les enfants. Liloca était épouvantée.

« Pourquoi continuer à frapper ? Le cochon est revenu, Diogo.

— Une chance qu'il soit revenu, et si ces individus ne reçoivent pas une bonne leçon maintenant, ils finiront leurs jours en prison. »

Les gamins semblaient résister, soutenus par un sentiment d'impuissance, mais ils pleuraient et sanglotaient tout bas, ce qui exaspéra le père et le fit redoubler de violence.

Ruca alors se décida à dire à voix haute :

« Je ne suis pas un bandit, je ne suis pas un bandit !

— Liloca, monte le son de la radio. »

Elle hésita puis finit par obéir à l'ordre du mari.

Il s'ensuivit un véritable charivari, mélange de pleurs, de cris et de musique auquel se mêlèrent les grognements de Carnaval de la Victoire qui se dressa et essaya de mordre la jambe de Diogo. Celui-ci réagit :

« Toi, tu ne perds rien pour attendre. Quand viendra le jour du carnaval, je te couperai le sifflet. »

Mais le cochon cria de plus belle et ne se calma que lorsque les enfants cessèrent de pleurer et le père de les frapper.

Diogo s'empara de l'écouteur pour l'introduire dans l'oreille de l'animal et celui-ci faillit le mordre.

« C'est un porc, que dire de plus ? Un ingrat, comme vous. Allez, Ruca et Zeca, vous qui vous êtes trimbalés dans la ville avec ce malodorant, enfilez-lui donc cette saloperie dans l'oreille. »

Les enfants s'approchèrent de Carnaval de la Victoire, Ruca le chatouilla et aussitôt le cochon se tut, le ventre en l'air et l'écouteur dans l'oreille.

Diogo se pencha au balcon, faisant semblant de s'intéresser à la circulation, puis il alluma une cigarette.

Madame Liloca sanglotait.

Cette nuit-là, Zeca et Ruca ne dormirent guère, leurs pensées revenant toujours à Carnaval de la Victoire et à la façon dont leur père le traitait, ne voyant en lui que ce qu'il pourrait en tirer une fois qu'il l'aurait tué. Ruca ne comprenait pas les accusations que Diogo portait contre l'animal.

« Zeca, bon, c'est papa qui a amené le cochon ici et

c'est nous qui l'avons habitué à vivre au septième étage avec de la musique et de la nourriture du Trópico. Donc s'il s'embourgeoise, ce n'est pas de sa faute.

— C'est bien vrai. C'est nous qui l'avons aidé à s'embourgeoiser. Papa dit que le bourgeois doit finir par être liquidé. Est-ce que ça veut dire que si on laisse quelqu'un s'embourgeoiser, c'est pour finalement le tuer ?

— Ça, je ne sais pas très bien. Mais ce que je n'aime pas, c'est que papa ne s'intéresse à Carnaval de la Victoire que pour la viande qu'il en tirera quand il l'aura tué. Il ne faut pas le laisser faire. »

Et les gamins d'imaginer Carnaval de la Victoire au temps où il vivait à Corimba. Ils se le représentaient humant de grandes bouffées de fraîcheur marine, vautré dans la chaleur du sable silencieux, se lançant dans des incursions analphabètes, traversant les cours bordées de palissades en feuilles de palmier, renversant les marmites des femmes, se hasardant aux portes des bars où les buveurs vidaient des bulgares de bière fraîche, ou encore mordillant les carapaces de fruits de mer jetés à l'arrière et livrés au baiser de l'écume. La vie de

Carnaval de la Victoire, alors, n'atteignait même pas le rez-de-chaussée.

Sous l'effet de la violence du père, la fatigue fit place au sommeil et les deux enfants s'endormirent enlacés dans un rêve presque commun : Carnaval de la Victoire se promenait le dimanche sur les plages de l'île, sans corde, libre, faisant des démonstrations de pirouettes sous les yeux des baigneurs. Puis il arrivait dans la cour de l'école et s'associait à tous les jeux, ou bien il s'en allait prendre place dans les queues, respecté et admiré par la commission des locataires. Ou encore il mordait Diogo quand celui-ci, pour la dernière fois, levait la cravache sur les plus grands amis de Carnaval de la Victoire.

## Rédaction

Carnaval de la Victoire est le cochon le plus beau du monde. Mon père l'a emmené au septième étage où la commission des locataires est réactionnaire car elle ne veut pas de cochons dans l'immeuble et le camarade Faustino fait du marché noir avec la noix de palme et il fait de l'eau-de-vie au prix de cent kwanzas le bulgare.

Au début son nom n'était que Carnaval. Après la victoire remportée sur l'ennemi, son nom est devenu Carnaval de la Victoire. L'ennemi, c'est un contrôleur fantoche voleur de cochons que nous avons dénoncé dans l'immeuble où il a eu la honte de sa vie. Carnaval de la Victoire est le meilleur cochon du monde car, lorsqu'il est venu dans notre école, la camarade maîtresse n'a pas fait cours.

Mon père est un réactionnaire parce qu'il n'aime pas le poisson frit du peuple et qu'il se fâche contre ma mère. C'est lui qui est un petit-bourgeois, pourtant il dit que Carnaval de la Victoire est un bourgeois. Voilà pourquoi il veut le tuer, uniquement pour manger sa viande. Carnaval de la Victoire est révolutionnaire parce que, quand mon père nous a frappés, mon frère Zeca et moi, il a voulu le mordre. Nous n'allons pas laisser tuer Carnaval de la Victoire car la lutte continue et le responsable de la commission des locataires ne connaît pas les mots d'ordre, ce sont les pionniers qui les lui apprennent. Et la camarade maîtresse est très gentille, elle nous laisse faire les rédactions qu'on veut et elle a même amené à l'école son cousin Filipe qui est venu jouer de la guitare dans notre classe.

Ruca Diogo

Le coordinateur du centre de recherche pédagogique s'arrêta de mâcher son bout de kola. Aucun des participants à la réunion ne cachait sa surprise.

« Je pense qu'il doit s'agir d'un cas d'inadaptation. Fils d'un couple de marginaux, par exemple... dit le responsable du département de pédagogie.

— Comment cela est-il possible si des directives ont été données en ce qui concerne les thèmes ? considéra le coordinateur. C'est incompréhensible. Étant donné les recommandations faites aux enseignants de sensibiliser les enfants aux problèmes du peuple, à l'exaltation des valeurs idéologiques, etc., comment une institutrice pouvait-elle choisir pour un concours de ce niveau un thème de rédaction sur un cochon ? Camarade Sofia, puisqu'on est sur la question, cherchez donc le dessin qui a été remis par cette école. »

Les tables étaient couvertes de piles de papiers. La

responsable de la section de dessin consulta une liste, avisa le numéro d'un des paquets et commença à chercher.

« Ce doit être celui-ci. Oui, c'est bien ça. Incroyable, et elle éclata de rire.

— Mais qu'est-ce que c'est ?

— Regardez, camarade coordinateur ! »

Elle plaça le dessin au centre de la table et tout le monde se leva pour regarder.

Le coordinateur, le pointant avec son stylo bille :

« Incroyable, en effet. Le cochon occupe quasiment toute la page. De l'oreille sort un fil qui va au-delà de l'espace pensé pour le porc. Sur le ventre, on peut lire *Hôtel Trópico*. Tout autour, des gens faisant la queue. On dirait une école. Dans le coin à droite, deux O.D.P. Étrange…

— Un moment, camarade coordinateur, dit le responsable de portugais, le titre du dessin coïncide avec la rédaction : *Carnaval de la Victoire*.

— Vous voulez donc dire, camarade, que l'idée qui a présidé…

— ... est la même. Exactement.

— Mais faites donc voir. L'auteur du dessin n'est pas celui de la rédaction et...

— Je m'excuse, mais je trouve ridicule de perdre tant de temps. Il nous faut voir encore des textes et des dessins et, à ce train-là, nous n'arriverons jamais à sélectionner les travaux pour l'exposition. D'ailleurs, sans rien comprendre ni à l'art ni à la littérature, je suis d'avis de laisser l'enfant créer librement.

— On voit bien que vous êtes un matheux. Nous devons analyser les choses en profondeur. Quant au reste, l'enfant doit être orienté. Quel serait donc notre rôle, finalement ?

— En cela je suis d'accord avec vous, camarade coordinateur.

— Moi aussi.

— Moi de même.

— Au fond, tout bien pensé, je retire ce que j'ai dit tout à l'heure et je crois que vous avez raison, camarade coordinateur. »

Le responsable de la section de mathématiques,

confus, alluma une cigarette et conclut :

« Je suis d'avis que nous poursuivions les travaux. »

Le coordinateur posa les yeux sur la rédaction, la parcourut pour lui-même en remuant les lèvres. Puis, saisissant la feuille de dessin, il se mit à comparer le texte sur Carnaval de la Victoire avec le dessin représentant l'animal dans son entier sur toute la largeur de la page.

« Et vous, qu'en dites-vous, camarade Céleste ?

— Ceci se complique du fait d'un message coïncidant, exprimé sous une autre forme qui est le dessin et dont l'auteur est différent. Peut-être s'agit-il là d'un cas d'aliénation de groupe. Mais alors la responsabilité en incombe à l'institutrice, puisque c'est elle qui a choisi et le texte et le dessin pour représenter son école. C'est tout ce que j'ai à dire.

— Je suis tout à fait d'accord, ajouta le responsable du groupe de littérature, le niveau de langage ainsi que la sémantique révèlent un éloignement du réel, ce qui n'est pas la caractéristique de l'enfant, toujours motivé pour recréer son vécu quotidien, c'est-à-dire la vie du peuple, la révolution. C'est pourquoi on peut s'interroger sur la paternité du texte, son élaboration qui, en soi, donne un contenu si caractéristique de la petite-bourgeoisie. Il ne sera pas inutile de convoquer l'institutrice et de lui demander de nous apporter les rédactions de tous les élèves. Car la question se pose : pourquoi a-t-elle fait passer en premier lieu le texte sur le cochon ?

— Exactement ! dit le coordinateur, laissant apercevoir le morceau de kola mâché et pâteux collé sur sa langue. Qu'elle nous apporte tous les textes et tous les dessins.

— Cela pourrait même être un cas relevant de la psychiatrie, hasarda le responsable du groupe de mathématiques.

— De la psychiatrie ? Chez nous ?

— Il me semble avoir été clair, camarade coordinateur. Un cas psychiatrique : l'enfant, l'institutrice et je ne sais qui…

— Donc on appelle l'institutrice, n'est-ce pas ? Qui vote contre ? Qui vote pour ? »

Tous levèrent le bras.

COMMUNIQUÉ

LA COMMISSION DES LOCATAIRES A VOLÉ UN COCHON QUI FAISAIT LA QUEUE AU MAGASIN DU PEUPLE.

À BAS LES SPÉCULATEURS !

LE CONTRÔLEUR DU MINISTÈRE

JOÃO PITANGA ISMAEL

Nazário était furieux. Il arracha l'affiche, entra dans l'ascenseur et appuya sur le bouton du septième étage.

« Que voulez-vous, camarade ? s'enquit Diogo, dans l'entrebâillement de la porte.

— Camarade Diogo, que vous ne respectiez pas le règlement de l'immeuble, d'accord. Qu'un cochon cohabite avec des locataires et que des histoires arrivent avec un contrôleur, passons. Mais que vos enfants se moquent de moi, ça, je ne l'admets pas. »

Et il tendit l'affiche à Diogo.

« Bien. Je veux rester calme. Premièrement, il n'y a que celui qui vit avec un cochon qui peut savoir qu'un cochon vit avec lui. Bon, c'est votre problème. Deuxièmement, ici je n'ai jamais croisé de contrôleur. Il n'y a que les dénonciateurs qui peuvent dire qu'un contrôleur est passé. Pour appeler les flics comme ça, à tout bout de champ, il faut avoir une mentalité de mouchard du colonialisme, de petit-bourgeois contre-révolutionnaire comme mon cochon. Mais, comme lui, on finit toujours sous la lame du couteau et... »

Diogo se rendit compte de son lapsus.

« Tiens, votre cochon ? Comment ça, camarade Diogo ?

— Oui, celui que j'ai à Nambuangongo, qui ne pense qu'à s'engraisser et à embêter tout le monde. Comme ici, certains cochons de l'immeuble.

— Mais je ne suis pas venu ici pour me disputer.

Camarade, vous devez accepter la critique. Je suis simplement venu vous dire que votre femme et vous-même devriez mieux élever vos pionniers.

— Quoi, une leçon ? Mieux élever mes enfants ? Et qu'est-ce qui vous permet de les accuser ?

— Camarade Diogo, je vous répète que je ne viens pas pour me disputer. Il y a quelque temps, vous m'auriez invité à entrer, mais aujourd'hui, comme il y a un cochon chez vous, vous me laissez sur le pas de la porte.

— Ah, ça, je ne l'admets pas !

— Alors faites-moi entrer.

— Mais qui vous a invité à manger chez moi ! Allez, dehors les pique-assiettes !, et il claqua la porte au nez du responsable de la commission des locataires.

— Ruca et Zeca, venez par ici. C'est vous qui avez écrit cette propagande ? demanda Diogo, le sourire aux lèvres.

— Non, papa, ce n'est pas nous, répondit Zeca en regardant l'affiche, puisque tu ne nous as toujours pas acheté de crayons de couleur.

— C'est vrai, il faut que je vous en achète. Et Diogo,

content, dans un large geste en direction du cochon, comme s'il conversait avec lui, poursuivit : Tout ça, c'est de ta faute. Au lieu de se soucier de la vie des gens, ils viennent tracasser un cochon. Tous des planqués, c'est comme ce greffier qui a pris la révolution en marche et qui est aujourd'hui devenu juge. Moi, du moins, je n'ai rien pris en marche. Chez eux, c'est un véritable défilé d'œufs, de noix de palme, de viande et, hier encore, c'était quatre ramalho eanes*. Au temps du morteiro*, j'en ai vu passer trois caisses. Comment un juge peut-il en recevoir trois alors qu'on n'a droit qu'à une seule ?

— Mais où est-ce que tu as vu tout ça ? Pourquoi tant dénigrer ? corrigea la femme, depuis la cuisine.

— C'est moi qui sais. Toi, occupe-toi du dîner ! Et à Ruca : Apporte-moi le tipol*. »

---

* Nom du président de la République portugaise (1976 à 1986), donné par dérision aux bonbonnes de vin importé du Portugal. *(N.d.T.)*

* Vin importé du Brésil sous l'appellation Mosteiro (Monastère), transformée par dérision, de par sa mauvaise qualité, en *morteiro* (mortier, arme de guerre). *[N.d.T.]*

* Marque de détergent dont le récipient était ensuite utilisé pour l'approvisionnement en bière. *(N.d.T.)*

L'enfant ouvrit le Frigidaire, y prit le tipol et un bulgare que Diogo remplit aussitôt, jusqu'à la dernière goutte. Il ouvrit alors son portefeuille et en tira un billet de cent kwanzas.

« Zeca, va m'acheter un autre tipol. – Puis, s'adressant au cochon : Vois un peu : je bois dans un pot de confiture, mais ton voisin Faustino, cochon comme toi, boit certainement dans un verre, lui. Liloca, je trouve que le cochon prend de belles rondeurs. Ce n'est que maintenant que je m'en rends compte. Il ne doit plus avoir le goût de poisson.

— Le goût de poisson ? Comment ça ?

— Tu ne sais donc pas que pour un cochon qui mène une vie de marin sur les sables de Corimba, une vie de patron de mer pour ainsi dire, la nourriture c'est le poisson, la respiration c'est la mer et le vent ? Rien d'étonnant alors que sa chair ait le goût de poisson. Tout a le goût de poisson, que ce soit les poules, les canards, les chevreaux ou les lapins. Mais celui-ci aura vraiment le goût de cochon. J'ai l'eau à la bouche rien que de penser à la jalousie de Faustino quand l'odeur de viande rôtie viendra titiller sa gloutonnerie. »

Ruca était préoccupé. De nouveau cette idée qu'il haïssait. Son père n'avait en tête que de tuer Carnaval de la Victoire, son ami le cochon qui venait d'achever la bonne nourriture que Zeca et lui avaient trouvée dans le conteneur du Trópico. Et le cochon, malgré son oreille bouchée avec du sparadrap, le museau tourné vers Diogo, semblait comprendre ce que celui-ci disait. Zeca entra.

« Pas de bière, papa. Le camarade Américo dit qu'il n'y en a plus.

— Il ne manquait plus que ça. Tant pis, ouvrons le ramalho eanes qu'on gardait pour le week-end. Il durera bien jusque-là. Mais on a sonné, va voir qui c'est. »

Ruca alla à la porte, l'ouvrit et écouta Beto qui disait à voix basse :

« Est-ce que vous avez vu mon communiqué contre les ennemis de Carnaval de la Victoire ?

— Parle moins fort. Oui, on l'a vu. Ça a fait une histoire. C'est ton père qui l'a arraché et il est venu ici s'en prendre à l'autre ennemi de Carnaval de la Victoire.

— Qui donc ?

— Mon père. »

Et tous deux de s'esclaffer, la main devant la bouche.

Intrigué, Diogo alla voir à la porte.

« Qui est-ce ? Toi, ici ? Fous le camp. »

Et Beto décampa.

« Diogo, pourquoi est-ce que tu mêles les enfants aux histoires des grands ? Ils sont copains et…

— Et alors ? Est-ce qu'un enfant ne pourrait pas être un espion ? D'abord le père et après le fils. Histoire de voir que le cochon est bien là, n'est-ce pas ? Allons, à table ! C'est quoi, le dîner ? »

Sans plus parler, la femme alla dans la cuisine et en rapporta la réponse : le plat émaillé, là, devant lui.

« Bon sang, encore "au jour le jour dans la ville"* ! Et le greffier sûrement en train de se taper du poulet cuit au barbecue, on le sent jusqu'ici. À bas le poisson-fritisme ! Si j'avais su, je n'aurais pas ouvert le ramalho

* Nom d'une émission de radio donné par dérision à un plat de poisson constituant, au temps de la pénurie, l'essentiel de la nourriture du peuple de Luanda. *(N.d.T.)*

eanes. Je me demande vraiment à quoi sert que tu fasses les queues. Donne-moi au moins du piment pour améliorer. – Puis, pointant un doigt vers le cochon : Toi, le jour où je t'aurai dans mon assiette, je prendrai des vacances uniquement pour manger.

— Mais il t'est tout de même arrivé de manger quelquefois de la viande.

— Même pas une fois par mois…

— Parce qu'au temps du colon tu mangeais de la viande tous les jours ? Et depuis, est-ce qu'on ne t'a pas donné cet appartement ?

— Ferme-la avec tes réflexions de petite-bourgeoise. Toujours la même rengaine : au temps du colon, au temps du colon. »

Et Diogo vida son verre d'un trait.

« Vous imaginez bien pourquoi on vous a convoquée, camarade. Avez-vous apporté l'ensemble des rédactions et des dessins ?

— Oui, répondit l'institutrice avec un éclair de bonheur orgueilleux dans les yeux. Et je dois vous dire, avant de l'oublier, que les élèves ont fait une proposition qui a été votée à l'unanimité, celle de baptiser notre école Carnaval de la Victoire.

— Il me semble, camarade, que vous n'y êtes pas ou que vous plaisantez. Mais venons-en au fait : le matériel. »

Au ton agressif du coordinateur, tout le monde, sauf l'institutrice, comprit que les choses étaient sérieuses.

Les rédactions et les dessins passaient de main en main et l'institutrice, voyant l'air réservé et peu amène des membres de la commission, éprouva une certaine méfiance. Elle avait encore en mémoire la joyeuse journée passée dans la cour de l'école où elle avait eu la satisfaction de constater que les gamins mettaient bien en application les principes qu'elle leur inculquait : « Nous devons aimer les animaux. » Elle avait conscience d'agir comme elle le devait. Elle ne brutalisait pas les élèves. Et si parfois les collègues se gaussaient de son idéalisme – « Puisque chez eux ils reçoivent des coups, ils seront mis sur le bon chemin s'ils en reçoivent aussi à l'école ; on ne peut pas changer l'école sans changer la famille » —, elle, se refusait à battre un enfant.

« À ce que je vois, c'est une véritable orchestration. On retrouve le même thème chez tous. Le cochon est dans toutes les rédactions. Dans tous les dessins, dit la responsable de portugais. Cela mérite d'être éclairci.

— Une orchestration, en effet, mais habituellement un orchestre procède à des répétitions. Comment cela ? Eh bien, en suivant des directives supérieurement tracées, des programmes, etc. Maintenant que les écoles sont les écoles du peuple, on demande de rassembler du matériel en vue d'un concours et d'une exposition de travaux d'enfants ; on oriente les enseignants de telle sorte qu'ils suscitent chez l'élève la recherche de thèmes traitant de la vie de notre peuple, prônant l'exaltation des valeurs nationales, des dates historiques, etc., et, au lieu de cela, vous nous présentez une école dont le seul sujet de dissertation est le cochon ! Comment peut-on l'admettre ? L'idéologie petite-bourgeoise est ici très perceptible. Et maintenant, parlons de discipline : est-il exact, camarade, que vous avez fait sauter une demi-journée de cours à cause du cochon, et que, qui plus est, vous avez amené un quelconque de vos cousins jouer de la guitare en classe ?

— Oui, c'est vrai en ce qui concerne la demi-journée. Mais je vais m'expliquer. »

L'institutrice retint ses larmes et raconta dans le détail l'aventure de Carnaval de la Victoire. Tout ce qu'elle avait appris par les enfants rassemblés dans la cour, les ajouts des antécédents historiques de l'animal rapportés chaque jour par Ruca, Zeca et Beto. Elle précisa qu'elle ne trouvait rien à redire à ce que les enfants vivent ainsi dans l'imaginaire. Un cochon, estimait-elle, fait partie de la vie des gens ; il est par conséquent l'affaire du peuple. Bien plus : Ruca possédait un rare talent de poète, ne faisait quasiment pas de fautes. Pour finir, elle se défendit d'avoir jamais reçu quelqu'un pour jouer de la guitare dans la salle de classe, mais comme les enfants s'inventaient des guitares faites de boîtes de conserve pour imiter Carlos Buriti qui chantait « Cette spéculation, quelqu'un finira par la payer » et que cela ne lui plaisait pas, elle n'avait fait que leur promettre de leur présenter son cousin Filipe qui jouait des airs anciens, du groupe N'gola Ritmos, sans guitare électrique. Une promesse qu'elle pensait tenir.

« Il nous faut terminer la sélection des travaux afin d'éviter un deuxième report. Nous examinerons cette question plus tard. Vous pouvez vous retirer, camarade. »

Les membres de la commission demeurèrent silencieux face au coordinateur qui, l'air sévère, poursuivit :

« Nous devrions sans tarder proposer de l'envoyer dans le Cuando-Cubango avant qu'elle ne trouve protection auprès d'un quelconque de ses parents. Car vous ignorez peut-être qu'elle appartient à une grande famille, c'est une V.D.*, et c'est d'ailleurs pourquoi elle se permet ces surréalismes arrogants. N'avez-vous pas remarqué sa prétentieuse référence à Cadornega* et son penchant pour la poésie ?

— Je ne suis pas d'accord, dit le responsable de la section de mathématiques en hochant la tête, et non pas parce que je suis du sud. D'abord, je ne suis pas à même de porter un jugement sur les actes de l'institutrice et ne le serai qu'après enquête. Ensuite, sincèrement, je n'approuve pas cette idée d'envoyer en province tout ce qui ne vaut rien.

— Il faut y réfléchir », conclut le coordinateur.

---

* Référence à la grande famille Van-Dúnem, de Luanda. *(N.d.T.)*
* Écrivain portugais du XVII^e siècle, auteur d'une Histoire générale des guerres angolaises. *(N.d.T.)*

Les enfants voyaient se rapprocher le moment fatal pour leur ami Carnaval de la Victoire. Leur père était de plus en plus irrité par la « ligne de front », le « ceinturon du soldat » ou « au jour le jour dans la ville », ces poissons donnés en sacrifice au ventre du peuple. Et son irritation allait de pair avec son désir fébrile de tuer le cochon pour changer de nourriture. « On ne traite pas comme ça un ami », disaient les enfants à leur mère en l'absence de ce père maniaque et carnivore.

Ils arrivèrent un jour au Trópico avant que les restes ne soient déversés dans le conteneur. Ils s'approchèrent de la porte à l'arrière de l'hôtel et observèrent pendant un moment les employés qui se présentaient à la pendule de pointage. C'est alors qu'un camarade vint demander :

« Les restes pour les chiens ?

— Les voilà », dit le gardien en tendant un grand sac de plastique.

Ruca vit que ce sac contenait des morceaux de viande. Il courut alors vers l'homme et, au moment où celui-ci entrait dans sa voiture :

« Excusez-moi, camarade. Ces restes, c'est quoi ?

— Ce sont des déchets de viande qui proviennent de la cuisine de l'hôtel et qu'on garde pour les chiens.

— Des chiens qui ne mangent que de la viande ?

— Oui. Les bergers allemands, les chiens policiers.

— Et cette viande, il faut la payer ?

— Non. Ce sont des déchets que l'on jette. »

Alors dans la tête de Ruca des projets se dessinèrent.

« Zeca, est-ce que tu as vu la viande ? Il y a bien, dedans, mélangés, quelques petits morceaux de gras, mais si on les enlève tout le reste est mangeable. »

Et le plan fut arrêté.

« Bonjour, camarade.

— Qu'est-ce que vous voulez ? demanda, méfiante, la femme de Faustino.

— Ma mère est sortie et nous n'avons pas d'eau fraîche au Frigidaire. Je viens simplement vous en demander un verre. »

La femme ne répondit pas et, dès qu'elle eut le dos tourné, Zeca subtilisa quelques feuilles de papier à entête posées sur le guéridon du couloir.

Lorsqu'elle revint avec le verre d'eau, elle dit, étonnée, à Ruca :

« Mais ton frère n'était pas ici, avec toi ?

— Oui, il était là, mais on a oublié de fermer la porte de chez nous. »

Ils s'étaient ainsi procuré les feuilles dont ils avaient repéré la place au temps où ils fréquentaient les voisins.

Un petit peu plus tard, un brouillon à la main, ils se

rendirent chez Beto. Ruca donna les instructions :

« Sur la machine à écrire de ton père. Sur ce papier. »

Beto parcourut des yeux le brouillon et vit que le papier à en-tête portait : « Tribunal d'Instance de Luanda – 2e section ».

L'après-midi, à la sortie de l'école, quand ils allèrent chercher la nourriture de Carnaval de la Victoire, Ruca tendit au gardien de la porte la feuille à en-tête :

> Tribunal d'Instance de Luanda
> 2e section
>
> Pour les chiens policiers de la prison du Tribunal je demande quelques restes de viande crue. Ne m'envoyez pas trop de gras. Ce sont des chiens d'État, ils mangent tous les jours.
>
> Salutations Révolutionnaires
> Faustino
> (Juge)

L'homme alla au fond du couloir, passa un coup de fil et revint.

« Attendez juste un petit moment. »

Moins de dix minutes après, Zeca et Ruca repartaient avec un sac plein de déchets de viande.

« Comment est-ce qu'on peut mettre à la poubelle les restes d'une aussi bonne viande ?

— Zeca, tu n'as pas entendu ce que le père de Beto lui a expliqué, que cet hôtel est réservé aux ambassadeurs et que ces restes sont ceux de la viande qu'on leur sert. »

La mère demanda aux gamins de lui assurer qu'ils n'avaient pas trouvé cette viande dans une poubelle, qu'elle provenait réellement de la cuisine de l'hôtel. Ils racontèrent la vérité et elle fut ravie de cette idée qu'ils avaient eue. Elle allait cacher la chose au père, lui laisser croire qu'elle avait obtenu cette viande après des heures de queue devant les magasins. Et aussitôt elle se mit à ôter le gras de la chair, se réservant de bien soigner les assaisonnements.

Quand arriva l'heure de se mettre à table et que Diogo demanda ce qu'il y avait pour le dîner, sa femme s'en fut à la cuisine et en rapporta la réponse.

« De la viande au manioc ? Il en était temps, ma femme ! Il a suffi d'un changement de ministre pour que la viande réapparaisse dans les queues. Il ne faudrait pas maintenant que la petite-bourgeoisie lui mette des bâtons dans les roues. Mais oui, la révolution commence toujours par le ventre. »

Diogo enduit copieusement son assiette de piment et se resservit trois fois, arrosant encore et encore son plat de ramalho eanes.

Ce soir-là, madame Liloca vit briller des étoiles d'amour dans les yeux de clair de lune de ses fils, ceux-ci tout à la joie de ne pas entendre leur père pester contre le cochon et le menacer encore du couteau.

« Liloca, viens un peu t'asseoir sur mes genoux. Quel mal tu te donnes à faire ces queues ! J'y pense parfois quand je suis au travail. Mais passons. J'aimerais bien, avant la fin de l'année, pouvoir t'acheter un poste de télévision.

— Papa, j'ai eu le premier prix à un concours de rédaction. Mon nom va être publié dans le journal, c'est la maîtresse qui l'a dit.

— Ça, c'est bien. Fais-moi penser à t'acheter les crayons de couleur. »

Les jours suivants, Diogo mangea de la viande préparée de toutes les façons possibles et imaginables ; les gamins, ravis, constatèrent que leur père était dans de meilleures dispositions à l'égard du cochon. Il avait presque oublié les injures et les offenses et avait abandonné ses menaces de mort. Il émettait bien, de temps en temps, de petites protestations, mais sans y mettre la hargne qu'il montrait dans ses révoltes contre le poisson-fritisme. Il n'utilisait même plus ce mot, et encore moins « ligne de front », « ceinturon du soldat » ou « au jour le jour dans la ville ».

Cela dura jusqu'au jour où il éprouva le besoin de s'épancher :

« Liloca, tâche de préparer un peu de poisson, demain. Avec cette mer si riche que nous avons en Angola, pourquoi manger toujours de la viande ? Importée. Est-ce qu'on manque de devises pour acheter autre chose ? D'ailleurs, en fait de bonne viande, il n'y a que la viande de porc. Celle de celui-là, par exemple, qui dans peu de temps va finir sur cette table. Bon sang ! Il nous aura donné assez de travail et d'ennuis, sans parler de notre constance à manger au milieu des mauvaises odeurs qu'il rejette quand ça le prend. Maintenant, je ne le vendrais pas même pour une fortune. »

La femme se mit alors à alterner viande et poisson. Diogo calma de nouveau sa rage contre Carnaval de la Victoire. Mais au bout d'une semaine il recommença :

« Je ne comprends pas pourquoi dans ce pays on ne trouve pas de viande de porc. Un camarade me disait que c'est pourtant l'animal le moins coûteux à élever. De plus, quand on le tue on l'utilise entièrement. Alors qu'on ne mange pas la peau du bœuf, pas plus que sa graisse. Celle du cochon donne le saindoux et les rillons. »

Ruca l'interrompit :

« Papa, la margarine provient de la graisse de bœuf, c'est la maîtresse qui l'a dit.

— Mais qui a parlé ici de margarine ? Est-ce que ta

maîtresse échangerait du lard contre de la graisse ? Pose-lui un peu la question. De plus, la viande de bœuf, on ne peut pas la saler. Sans Frigidaire, on est fichu. Et le chorizo, le boudin, le saucisson et le jambon cru ? Ça se met au sel, la viande de porc. Et les os. Ce que je ne comprends pas, c'est que lorsqu'on voyage en voiture on voit des cochons partout. Alors, pourquoi ce ministre ne donne pas l'ordre d'en acheter et de mettre leur viande en vente dans les queues de Luanda ? Des abattoirs, les Portugais en ont bien laissé. Voyez : un peuple révolutionnaire comme celui de Cuba est du même avis ; il s'empiffre de viande de porc... – Puis, se tournant vers Carnaval de la Victoire : Alors toi, tu ne perds rien pour attendre : le jour où tu seras fusillé ne va plus tarder. Entretenir des cochons à coups de nourriture du Trópico, pas question, je refuse. Il ne manquerait plus que ça. Tu ne vas pas me posséder. »

Et de nouveau il fit mine de lui couper le cou. Les gamins restèrent sans voix.

Ils remirent alors une autre feuille au gardien de la porte :

> Tribunal d'Instance de Luanda
> 2$^{e}$ section
>
> Les chiens sont fatigués de viande importée. Envoyez des déchets de viande de cochon non maritime.
>
> Salutations Révolutionnaires
> Faustino
> (Juge)

« C'est quoi cette histoire de cochon non maritime, pionniers ?

— C'est du cochon qui ne se balade pas à Corimba où il ne mange que des arêtes de poisson, expliqua Ruca.

— Ah, bien ! Mais faites savoir au camarade qu'il n'y a pas de déchets dans le cochon ; il est consommé entièrement. »

Ils se résignèrent alors à prendre des restes de viande de bœuf, comme d'habitude, et, sur le chemin de la maison, Zeca commenta :

« Mais est-ce que c'est vrai ? Même dans un hôtel d'ambassadeurs on mange le cochon sans rien laisser ? Carnaval de la Victoire aurait dû naître chien ou chat.

— Chat, je n'aime pas. »

Le soir, à l'heure du dîner, Diogo s'emporta de nouveau : le tipol venait de se terminer et le bar était fermé.

« Quelle garce de vie ! On travaille comme une brute ; les samedis rouges*, toujours présent ; et pas une goutte de bière. – Un seul petit grognement de Carnaval de la Victoire suffit à le faire passer à l'attaque : Tais-toi, espèce de cochon petit-bourgeois ! À Corimba, tu n'avais rien d'autre à renifler que les arêtes de poisson. Ici, tu as une maison, tu ne paies pas de loyer, tu te tapes de la bouffe du Trópico et moi je dois te supporter. Mais, à ta veillée funèbre, c'est ta viande qu'on mangera. »

Les gamins furent de nouveau terrifiés à l'idée de l'assassinat programmé de leur ami. Aussi, avant de se coucher, Ruca alla-t-il à la cuisine dire en secret à sa mère :

* Journées de travail volontaire. *(N.d.T.)*

« Tâche de trouver une camarade qui échangerait notre viande contre un morceau de porc. »

Liloca, émue, devina l'intention de son fils. Durant trois jours, elle s'enquit auprès d'amies et de connaissances afin de trouver quelqu'un de Cazenga qui accepterait d'échanger un sac de restes dégraissés contre un petit morceau de viande de porc avec sa graisse.

Et ainsi prépara-t-elle le nouveau repas.

« De la viande de porc ! Je ne vous l'ai pas dit ? C'est le ministre qui est en train de faire changer les choses. Il a dû mobiliser tous les cochons qui traînent par là, désœuvrés. Si tout le gouvernement était comme lui, on ne manquerait pas de bière.

— Papa, intervint Ruca, la camarade institutrice dit que ce qu'il faut, c'est plus de maïs et de manioc pour le peuple de province, que dans la brousse il n'y a pas une goutte de bière.

— Dis à ta maîtresse que c'est des histoires de paysans, moi je suis un révolutionnaire de la ville. »

Diogo mangea et se régala. Mais, en cherchant ses cigarettes, il cogna du coude le tipol encore à moitié plein et le renversa.

« On dirait que le malheur est entré chez nous depuis que nous abritons cette bête. Tant pis pour la bière ! Ça me dégoûte. C'était de la viande de cochon maritime. Goût de poisson. – Il se leva : Mais le malheur prendra fin quand je t'enfoncerai le couteau dans la gorge. Même mes voisins ne sont plus mes amis par ta faute » – et il flanqua un coup de pied à Carnaval de la Victoire qui poussa un grand cri, meurtrissant le cœur révolté des gamins.

On était à la veille du carnaval. Diogo n'alla pas travailler et la maison s'anima dans un va-et-vient de préparatifs qui firent pressentir à Ruca et à Zeca la fin imminente de leur ami. La baignoire avait été remplie d'eau dès le matin : « Elle peut manquer d'un moment à l'autre », alerta Diogo. Tous les récipients disponibles, seaux, marmites, bouteilles, furent également remplis. Ce branle-bas effrayait les gamins. Le pire était le grand couteau que leur père aiguisait avec un plaisir évident, et aussi la poutre de bois fixée aux deux bouts dans un coin du balcon.

« Ici nous suspendrons le mort ! » se réjouissait Diogo.

Ruca, Zeca et Beto se rendirent alors dans la cage d'escaliers et décidèrent de rédiger une autre affiche :

Camarades locataires

Les spéculateurs Diogo,

Faustino et Nazàrio sont contre le Carnaval de la Victoire.

À bas la réaction

L'Inspecteur
Loló
Madaleno

Nazário, surpris par cette affiche, l'arracha et s'en alla frapper aux portes et convoquer lui-même, un à un, les membres de la commission des locataires.

« Il y a de la contre-révolution dans l'air. Demain, c'est carnaval. On veut nous provoquer pour nous diviser et nous désorienter. Il faut rester vigilant. Il s'agit peut-être de poseurs de bombes fantoches, de *karkamanos**. Je

* Terme péjoratif désignant les Blancs racistes d'Afrique du Sud. *(N.d.T.)*

pense que, cette nuit et la prochaine, tous les locataires membres de l'O.D.P. devraient monter la garde à tour de rôle à la porte de l'immeuble. Comme nous sommes nombreux, cela prendrait peu de temps à chacun de nous. »

L'assemblée approuva à l'unanimité. Certains membres, même, proposèrent d'effectuer immédiatement une fouille, appartement par appartement, un poseur de bombes se trouvant souvent là où on l'attend le moins. Mais Nazário calma les esprits en disant combien il était délicat de s'introduire chez des camarades sérieux qui ne comprendraient pas. On se mit d'accord sur ce point unique de l'ordre du jour et une commission fut chargée d'aller de porte en porte communiquer la décision et d'établir les tours de garde.

La première heure incomba à Diogo qui dit à sa femme avant de partir :

« Tant mieux. Maintenant on peut être sûrs que jusqu'à demain personne ne viendra nous piquer le cochon. »

Le jour de carnaval arriva. Liloca s'occupa des derniers préparatifs de la saignée du cochon. L'après-midi, partageant l'inquiétude de ses enfants et se refusant à les voir assister à la mise à mort de Carnaval de la Victoire, elle demanda à Diogo de leur permettre d'assister au défilé.

« D'accord, dit-il, mais en cas de bagarre revenez immédiatement. Attention. Et à six heures je veux vous voir ici à la maison afin d'aider au nettoyage et de manger de la viande bien fraîche. »

Ruca et Zeca comprirent quelles étaient les intentions de leur mère. Carnaval de la Victoire souleva le museau, renifla et grogna, comme pour saluer ses deux amis qui l'imaginèrent se roulant dans les sables libres de Corimba et surgissant dans la cour de l'école pour cette mémorable ronde d'enfants.

« Allez, ouste. »

Et, la mort dans l'âme, les deux frères partirent.

Il fallait faire quelque chose pour sauver le cochon. Mais aucune solution ne leur venait à l'esprit. Au bas de l'escalier ils rencontrèrent Beto et, machinalement, ils s'assirent au bord du trottoir. L'euphorie populaire se manifestait déjà.

« Ils ne nous envoient pas chercher des restes au Trópico aujourd'hui ? dit Beto qui semblait redouter la réponse.

— Évidemment. Puisqu'ils vont tuer Carnaval de la Victoire, pas besoin de nourriture. »

Ruca posait un regard distant sur la foule qui allait le long de la rue.

« Ils vont vraiment le tuer aujourd'hui ? se lamenta Beto.

— Oui, ils vont le tuer… »

Zeca eut envie de raconter le reste. Mais le courage lui manqua. Il n'avait en tête que ces images-là. Surtout le couteau. Cela l'obsédait : son père aiguisant avec jubilation le grand couteau pour tuer Carnaval de la Victoire.

Ils se levèrent et commencèrent à marcher.

Tout le monde courait dans la même direction, vers les tribunes.

« N'allons pas par là, conseilla Ruca. Allons plutôt en tête. »

Ils marchaient en silence, croisant d'autres gamins

qui couraient joyeusement en sens inverse.

« On est les seuls à ne pas aller vers les tribunes.

— Non, Beto. On va rencontrer d'autres gens qui vont voir le défilé là où il commence.

— Alors, des gens qui sont tristes, eux aussi ? voulut savoir Zeca.

— Je ne sais pas. Mais pourquoi tout le monde voudrait aller dans les tribunes ? »

Au loin, en bas, sous le regard perdu de Ruca, les vagues déferlaient. « Oui, ils vont le tuer. » Quel mystère pouvait bien cacher cette grande écume blanche qui hérissait la mer ?

« Vous n'aimeriez pas être une vague ?

— Ce doit être bon. Au-dessus de l'eau, comme ça, pas besoin de savoir nager. Ah, que j'aimerais être une vague ! »

Et Beto ouvrait les bras.

« Mais Ruca, considéra Zeca, on ne peut pas être une vague. Si vraiment c'était possible, avec la force de la mer on pourrait aller là où on voudrait. Une vague, on ne l'attache pas avec une corde. »

Les autres comprirent. Zeca laissa errer son regard au loin, vers les contours de Corimba. Territoire de Carnaval de la Victoire. Libre. Se roulant et pataugeant, insouciant. En somme, il aurait mieux valu laisser la liberté au cochon le jour où il y avait eu cette histoire dans la queue devant le magasin. La raclée infligée par le père aurait vite été oubliée et Carnaval de la Victoire aurait retrouvé la liberté.

« Beto, on aurait dû le lâcher quand on l'a emmené à l'école. »

Les groupes de carnaval commencèrent à apparaître dans le tournant. Ils arrivaient en marchant simplement, se réservant pour la parade qu'ils feraient dès qu'ils approcheraient des tribunes officielles. Malgré ce peu de démonstration, les gamins se laissèrent captiver par la fantaisie des couleurs et le rythme des musiques. Ils applaudissaient aux groupes qui avaient intégré des pionniers. Mais lorsqu'ils lisaient sur les pancartes « Carnaval de la Victoire », la tragédie qui menaçait leur ami du septième étage leur revenait à l'esprit.

« C'est peut-être déjà l'heure ! – Et Ruca interpella

un passant : Quelle heure est-il, camarade ?

— Cinq heures juste.

— Il faut y aller en vitesse. »

Zeca et Beto n'intervinrent pas. Ruca avait certainement trouvé un moyen de sauver Carnaval de la Victoire.

Tous les trois se mirent à courir.

Quand ils furent arrivés au pied de l'immeuble, Ruca s'assit sur une marche et expliqua :

« Beto, il faut appeler ton père.

— Mais il est allé voir le carnaval.

— Alors on va l'attendre et à son retour on lui dira qu'il y a un cochon chez nous. Ton père racontera au mien que le contrôleur nous a attrapés dans la rue. Qu'il nous a frappés. Qu'il a pris nos noms et nous a obligés à avouer. Il ajoutera que dans deux heures le contrôleur sera ici. Il dira au camarade Diogo de ne pas faire de mal aux enfants, parce qu'ils n'y sont pour rien, et qu'il faut lâcher le cochon avant que le contrôleur arrive accompagné des deux enfants qui ont été retenus au commissariat.

— Alors on va attendre le père de Beto. »

Une lueur d'espoir se mit à grandir dans les yeux de Zeca.

Les trois enfants étaient assis dans l'escalier. Mesurant le temps qui passait. Personne ne montait ni ne descendait.

« Aujourd'hui tout le monde est allé voir le carnaval. »

Ruca ne cachait pas son impatience.

« Mais ce doit être bientôt la fin et mon père rentrera tout de suite. »

Les habits de la nuit commencèrent à vêtir le jour et un milicien de l'O.D.P. se présenta pour le premier tour de garde.

« Qu'est-ce que vous faites là ? Est-ce que tu n'es pas le fils du responsable de la commission des locataires ?

— Oui. On attend mon père qui est allé voir le carnaval.

— Et vous, vous n'y êtes pas allés ?

— Oui, mais on est revenus à cause de la pagaille de la fin, répondit Zeca.

— Est-ce que vous entendez ? Au septième étage ils ont encore mis la radio à fond. Il y a longtemps qu'ils ne le faisaient plus. Bon. Mais comme aujourd'hui c'est le carnaval… »

Ruca regarda son frère, devinant sa pensée. Pourquoi leur père mettait-il la radio à fond ? Et l'écouteur dans l'oreille de leur ami ? Se rappelant que leur père avait utilisé la radio pour étouffer les grognements de Carnaval de la Victoire, il mit un point final à ses idées pour ne pas penser au pire.

La relève de la garde eut lieu et le remplaçant semblait être de mauvaise humeur.

« Pionniers, vous devriez être rentrés chez vous. Il y a des bandits qui rôdent et qui écrivent même des choses contre-révolutionnaires. La nuit, ce n'est pas pour les enfants.

— Mais justement, on veut aider à attraper ces bandits contre-révolutionnaires. »

Et Ruca se leva.

« C'est bien. Mais votre place est à l'école, pour apprendre ce que les adultes n'ont pas pu apprendre.

— Mais maintenant il y a les cours du soir. Et c'est gratuit. Notre maîtresse dit qu'aujourd'hui il n'y a que ceux qui ne veulent pas étudier qui n'étudient pas. »

Ruca, d'un coup de coude, rappela son frère à l'ordre.

« Votre maîtresse ? Au temps des colons, c'était une privilégiée. C'est pour ça qu'elle est devenue institutrice. Dans ces conditions, il est facile de dire qu'aujourd'hui il n'y a que ceux qui ne veulent pas étudier qui n'étudient pas.

— La vérité, c'est que notre maîtresse était au maquis. C'est là-bas qu'elle a étudié. »

L'homme se tut, les yeux baissés. Beto le toisait, heureux de lui avoir cloué le bec avec ce mensonge.

Sur ce, Nazário arriva.

« Papa, le camarade Diogo a un cochon chez lui. Ruca et Zeca vont te raconter. »

Les deux frères se mirent à expliquer pourquoi Nazário devait monter en vitesse au septième étage, faire lâcher le cochon et éviter que Diogo ne s'en prenne par la suite à ses enfants.

« Très bien, pionniers ! C'est comme ça qu'il faut

faire. Dire la vérité. Les adultes devraient prendre exemple sur vous. »

Nazário entra dans l'ascenseur en se frottant les mains. Le milicien de l'O.D.P. ayant tout entendu, dit, intrigué :

« Donc, vous aussi, pionniers, vous montez la garde ? »

« Salut, camarade Nazário. Alors, et ce carnaval ?

— Moins bien que l'année dernière.

— Mais entrez donc, faites comme chez vous. »

Nazário franchit la porte et, au premier coup d'œil, vit trois femmes affairées dans la cuisine et deux hommes attablés en train de boire et de manger.

« Liloca, apporte une assiette pour que le camarade Nazário attaque quelques morceaux.

— Ah, pour ça, je ne vais pas me faire prier. Cette odeur, c'est tout un programme.

— Camarade Nazário, inutile de faire les présentations. On est tous de la famille. Et si on se faisait une bonne fête ? Dommage, il ne manque que la sono.

— Si ce n'est que ça, Faustino en a une.

— Alors invitons Faustino, les membres de la commission des locataires et tous les camarades qui ont monté la garde dans l'immeuble hier et aujourd'hui. Ç'a été une grande initiative.

— Motion approuvée sans réserve. Il faut unir tous les locataires parce que l'union doit se faire par la base. »

Liloca, appuyée contre la porte de la cuisine, murmura à l'adresse d'une des invitées :

« Il est comme ça, ce Diogo. Tant d'histoires pour ce cochon et, finalement, si les voisins liquidaient toute la viande aujourd'hui, il serait content.

— Où sont les enfants ? demanda Diogo en levant les bras.

— Je les ai laissés en bas avec leur ami, mon fils.

— Liloca, va appeler les gosses. »

La femme s'essuya les mains au tablier et, avant de sortir, regarda fixement le balcon : à l'endroit où avait vécu Carnaval de la Victoire se trouvaient à présent quatre braseros qui crépitaient tandis que des tranches de viande, bien pimentées, grésillaient sur les braises.

« Allez, attaquez, camarade Nazário. C'est du filet et il n'est pas maritime.

— Un moment. Je vais aller chercher ma femme, je

rapporterai une caisse de bière et, sur le chemin, je ramènerai Faustino avec sa sono. Voyez si vous n'avez pas besoin de vaisselle et de couverts. »

En bas, les enfants s'en remettaient à la force de l'espérance pour sauver Carnaval de la Victoire. Et Ruca, les yeux pleins de cette belle furie des vagues de Chicala qui viennent sans cesse troubler le calme de la mer, soupira comme l'avait fait Beto :

« Ah, que j'aimerais être une vague ! »

## Dans la même collection

Zakes Mda, *Le Pleureur*
Dambudzo Marechera, *La Maison de la faim*

Cet ouvrage a été reproduit
et achevé d'imprimer sur Roto-Page
par l'Imprimerie Floch à Mayenne
en juillet 1999

D. L. : septembre 1999.
N° d'imp. : 46505.
*Imprimé en France*